帰る場所

kaeru basyo
Takeoka Saori

竹岡佐緒理句集

ふらんす堂

序

佐緒理さんの俳句が「鷹」に載るのは二〇一四年からだが、そこから遡ることさらに十年以上の俳句歴があることは、迂闊にも知らずにいた。愛知県立幸田高校のメンバーとして俳句甲子園に出場し、大学時代は早稲田大学俳句研究会に在籍、そして教員として戻った幸田高校の生徒を引き連れてまた俳句甲子園の土を踏んだ。現代の若者が歩む俳句の王道と言ってよい道程を進んで来た人だとは全く知らなかったのである。さらに言えば、銀座の卯波でアルバイトをしていたことも知らなかった。私にも料理や酒を運んでくれていたのだろうか。知らなかったことばかりである。

けれども佐緒理さんの俳句ならばよく知っている。十年余りの間、佐緒理さんの俳句と毎月向き合ってきた。そういえば最初から上手かったなとあらためて思い出す。私は佐緒理さんの俳句の飾らない明るさが気に入っている。俳句における明るさは、甘さになったり、子供っぽさになったりしがちだが、そういう弱さは見せない。どこかでこの世を達観したような醒めたところもあって、一人の表現者として大人びてすらいる。その上で身につけた文体としての飾らない明るさなのだ。

この句集を編むに当たって、「鷹」に来る前の十代からの俳句、地元の「蒼穹」に載せた俳句も見せてもらい、その中から私のよいと思うものを挙げて参考にしてもらった。これは私にとっても楽しい作業だった。「鷹」で読んだなつかしい俳句の数々に再会し、その前史にあたる作品を辿り、「蒼穹」ではいつもと違う側面も見せてもらえた。そこには、俳人として、また一人の女性としての成長の軌跡がはっきり見えた。

やがて句集の校正刷が届くと、これが私には驚きの出来映えだった。佐緒理さんは作品を制作順に並べるのではなく、ゆるやかなテーマで括られた六章に再構成することで、作者と等身大の今を生きる主人公を各章にいきいきと描き出した。句集自体が、一つの作品として再提示された印象なのである。

Ｉの「学校」は、文字通り教師として勤務する学校を舞台とする作品だ。

満月や紐に通して干すビブス
学校に来ない子と居る秋の川
朝涼の職場の窓を開けてゆく

一句目はビブスという素材が目新しかったので印象に残っている。体育の授業のサッカーやバスケットボールで使われたのだろう。二句目、学校に来ない子と校外で話をする。教師も生徒もきらめく川面を見ている。三句目は一番乗りした職員室だ。昨日を今日にリセットする朝涼の風が心地よい。

Ⅱの「何もない町」は、実家のある町らしい。

台風の夜の父親を囲みをり
初雪や脱いで溢れる脱衣籠
冬うらら何もない町だけど好き

台風の夜の父親像はどこかノスタルジックだ。初雪の句は、冷え込んだ家路を着ぶくれて戻った後の場面として実感がある。実家のある町が好きなのは、実家が好きだからでもある。

Ⅲの「約束」、Ⅳの「暮らし」は実家を出た後の生活を想像させる。大人になった屈託も感じられる。

赤とんぼ明日が楽な日だといい
外は雪カフェにひとりでゐてもいい
短夜を逃げろとテレビからなのか
旅したし雪降る街に眠りたし

「いい」で結ぶ二句は、自分を納得させるための言葉に聞こえる。短夜の句は不思議な読後感を残す。「逃げろ」はテレビから聞こえたのか、それとも自分の心の中の声なのか。そんな日常から解放されたくなった時、「旅したし」が次の章への序奏になる。

Ⅴの「旅」は惹かれる句の特に多い章だった。旅と言いながら、場所を説明する前書は一つもなく、連作でもない。遠い国もあれば、ごく近所もあるらしい、すべての旅の記憶の断片が、その時々の鮮度のまま俳句に生まれ変わったようで、読んで心躍る。

パッタイにライム酸っぱし夏の星
炎暑のフェス推しの登場まで五秒
パイナップル海しか無いが海がある
夜行バス故郷の月がついて来る

一句目は亜熱帯の空気にライムの香りがみずみずしく迸る。二句目は地道な推し活の果てについに訪れる興奮の絶頂の五秒前。読者をその刹那に引きずり込む。三句目の海は、観光地という訳ではない、自分だけの海なのがうれしい。そして、帰郷もまた旅。名残惜しそうな月が車窓について来る。

掉尾のⅥは句集名と同じ「帰る場所」。恋人が人生の伴侶となり、やがて子供が生まれる。佐緒理さん自身の現在地で結ばれる章である。

帰る場所あるから急ぐ聖夜かな
はじめてのさくらはじめてあるく足
育休の夫婦の時間さくらんぼ
適当がいいね胡瓜を丸かじり

「鷹」のホームページには「鷹の俳人」というコーナーがあって、主な俳人の似顔絵、自選句とともに、アンケートの回答が載る。佐緒理さんは、「長所と短所」に「ポジティブ、ものぐさ」と答えている。なるほどポジティブでものぐさかと私は納得した。「育休の夫婦の時間さくらんぼ」に今の時代の状況をポジティブに生きようとする姿勢が感じられる一方で、「適当がいいね胡瓜を丸かじり」にはものぐさぶりもうかがえて微笑ましい。ものぐさと言っても、だらしないのとは違う。ポジティブに生きても肩に力の入りすぎないゆるさがあるのだ。それは、口語をごく自然な息づかいで取り入れる佐緒理さんの俳句の文体の飾らない明るさにそのままつながっているように思う。

「帰る場所」があって、また明日出かける先がある。その先々がどんな俳句になっていくのか。次の章は、佐緒理さんの句帳の中でもう始まっていることだろう。

令和六年十一月

小川軽舟

帰る場所＊目次

句集 帰る場所

竹岡佐緒理

Ⅰ 学校

満月や紐に通して干すビブス

校庭に教室の椅子運動会

図書室の牛乳瓶に草の花

給食の葡萄や夜間定時制

月光や人体模型眠らざる

学校に来ない子と居る秋の川

短日の黒板うつくしく消され
校章の銀の刺繡や雪催

冬の蜂死んで授業の再開す

ストーブの灯油の匂ふ保護者会

冬晴やコントラバスの長き弦

校門の頑と閉ぢをる淑気かな

巫女さんは教へ子ばかり初詣

菓子多き給湯室の五日かな

淡雪やパン屑を掃く美術室

窓開けて掃除の時間春めきぬ

チューリップ自己紹介の苦手な子
四月某日チョークの時代終りけり

薫風や実習棟は森の側

校章は蜜柑の花や波の音

朝涼の職場の窓を開けてゆく

紫陽花や校長室の沈むソファー

水着脱ぐ胸の谷間の白く憂く
校庭のプールは夜明け待つやうに

転校をする子残る子あめんばう

先生の眺める簾ながめけり

背番号ざぶざぶ洗ふ晩夏かな

大学に銅像多し夏木立

合宿所抜け出して見る流れ星

放課後の教室かなかなの世界

Ⅱ　何もない町

銭湯の帰りの風や鳳仙花

泡立草揺れる家族を待つやうに

蟷螂や父は目立たぬ人である

野分前犬を犬小屋ごと土間へ

台風の夜の父親を囲みをり

水郷に人ぱらぱらと鰯雲

焼きたてのみたらし団子秋高し

病室の籠の秋果の匂ひけり

十日後の火葬の予約鳥渡る

秋茱萸や隣の家の一周忌

湯浴みして母のむきたる梨一つ

すりりんご口を開いて待つ子かな

山茶花や手書きの地図の×印

蜜柑剝く実家に海の見える窓

プロポーズされさうなほど冬銀河

初雪や脱いで溢れる脱衣籠

オリオンや父と帰りの駅で遇ふ

きよしこの夜眠る子に微笑みぬ

初夢に竜の卵を拾ひけり

庭に干す赤い長靴初雀

冬ざらら何もない町だけど好き

マフラーをぐるぐる巻きで待つ汽笛

野水仙フェリーは北へ消えてゆく

給水の列の囲みし焚火かな

手習ひの筆の流れや梅の花

玉椿あかるい葬儀だと思ふ

花ミモザ厨に雨の音響く

スナックの二階の窓のしゃぼん玉

如雨露みな上向いてゐる春の雲

電線の蔓延る空と桜かな

保護猫のひげの短し春時雨

春の日の床屋のゴルゴ13

犬小屋の五年からっぽ花水木

花嫁に髪の重し藤の花

おほかみの死んでめでたし麦の秋

母の日の海は静かに船を待つ

産声や蜜柑の花の咲く庭に

父の日の家族ＬＩＮＥに父居らず

夏の月ふところに猫潜り込む

住職は園長先生柿の花

風熱し鉄の匂ひの作業服

休憩の工場の昏し蟬時雨

子の靴の片っぽ消える宵祭

来ぬ犬を呼び続けたる虹の下

鈴虫や客間に通されてひとり

雲梯をすり抜けてゆく赤とんぼ

金木犀みやうみやうと泣く赤ん坊

虫籠や母になるのは先のこと

Ⅲ 約束

桃を切るバーテンダーの長き指

傘の雨払ひて月のあかるい夜

不器用になれば恋なり竃馬

桃パフェはプリマドンナのやうに来る

秋の空みんながみんな呼吸する
赤とんぼ明日が楽な日だといい

雨止んでビニール傘に銀杏の葉
コンビニの袋を提げて秋の虹

ジャズバーの卓のピクルス秋深し

楽屋口出でて夜寒の裏通り

駐車場までの早足冬めける

マフラーを背中に垂らし立ち飲み屋

早食ひの癖の治らずマスクする

ＴＩＦＦＡＮＹの前を市バスの冬めける

おろおろと光の中を冬の蜂

純喫茶跡地ぽつかり冬の空

揚げたてのコロッケ一つ寒夕焼

教会に着物の婦人クリスマス

占ひの小さきブースや冬灯

白ワイン越しに見下ろす雪の夜

小雪すぐ乾くビジネスホテルの夜

休日の午後の黄色のカーディガン

冬麗硝子の小物ひとつ買ふ

外は雪カフェにひとりでゐてもいい

この恋は悲しく終はる冬の月

霜の夜牛タンを焼き恋し合ふ

後朝のＬＩＮＥ受け取る暖房車

諦めること諦める猫の恋

単身者アパート三色菫咲く

春光や紅茶二杯の打ち合はせ

イヤフォンを外して一人春の月

麗かやフィナンシェの歯にさつくりと

花朧フラペチーノをグランデで
亀鳴くや宮殿めいてラブホテル

友人がみんな妊婦で春の月

同窓会抜けて朧に二人きり

高架下二坪のバル春の宵

春時雨パーマのゆるく解れけり

泣きごとも言へないままに桜ちる
充電の切れしスマホと春の月

難しいことは分からぬリラの花

上京の身支度軽き立夏かな

組紐のやうな路線図風薫る

小上がりは予約席なり夏灯

欄干に古書売る人や巴里祭

レース着てポメラニアンもレース着て

レモンスカッシュ約束は破るべし

窓開けて生ぬるき風缶ビール

熱帯夜媚薬を飲んだやもしれぬ

夕立を砂漠の雨のごとく浴ぶ

炎天や満車満車のパーキング

フラッペをずずずずと吸ふ夏の果

Ⅳ　暮らし

鶯や置き配すこし濡れてをり

庭濡れて朝明るしや春の鳥

隣から猫借りて来し春夕
いつもとは違ふ口紅夕ざくら

花衣脱ぎてジャージに寛げる
バスボムは夜の香りや春満月

をととひのメールを返す春の夜

春の夢醒めて冷たきシーツかな

花の雨頁繰りつつハムサンド

夏近しシャワーの音の飛び散りぬ

傷のある苺くつくつ煮てやりぬ

庭に薔薇しあはせといふ世間体

髪を切る夏になつたといふ理由

かに玉に入れるかにかま窓若葉

ハンカチの鳥の刺繡の解れけり

女子アナの真っ赤なネイル梅雨に入る

夏の星牛乳買ひにコンビニへ

ボサノバに波のさざめき星涼し

短夜を逃げろとテレビからなのか
暗闇にぼんやり何だバナナかよ

桜桃忌昨日のことはもう終はり

夕立へ突っ込んでいく配達員

新聞の毎日古ぶ沙羅の花

湯上りのぬるき体や藍浴衣

今朝の秋まぁつややかな生卵

ペン置いて恋のおとづれ草の花

爽やかや体はこころより素直
水澄みてハノイ土産の茶を沸かす

キッチンに窓と丸椅子ちちろ鳴く

千切られて種を零しぬ唐辛子

ラ・フランス淑やかに刃を受け入れる

鈴虫と暮らして食器拭き終る

私につめたく冷やされて桃は
漢詩の韻ラッパーの韻秋の夜

満月を待つあいみょんを聴きながら
洋梨や雨に混じりてチェロの音

冷ややか車の鍵と家の鍵

雁渡る履歴書の我頼りなく

十月や寝巻きで作る目玉焼き

檸檬切る昼の光を持て余し

火星近し夜の林檎の芳しく

漱石忌もさもさと食ふビスケット

読書するときの無音や暖炉燃ゆ

犬のゐる生活メリークリスマス

昼の雪来るといふからお湯溜めて

好きすぎて泣いて朝なり冬林檎

観た映画ばかり観てゐる三日かな

水仙や見知らぬ海の記憶あり

ブーツ履くエンジン音に急かされて

旅したたし雪降る街に眠りたし

V

旅

ぽつぽつと白梅まもなく京都です

紅梅や並んでも買ふ豆大福

春浅しパンダの尻を眺めたる

囀やキッチンカーに焙煎機

伊予柑や海を眺めて待つ電車

あんぱんの臍の桜と春の海

閉ざされし原発の街氷解く
春の河挟んで二国興りけり

国境を目指す人々春の土

亡命のやうな留学雪の果

水温むクロード・モネの庭に椅子

牛の乳搾れば白し朝桜

花時の眼鏡曇らせ足湯かな

アルパカの子ども真白き春日和

休園日きつと桜の散る象舎

ワイパーに落花巻き込みバス発車

風光る自転車乗りの集ふカフェ

潮風のぬるき八十八夜かな

旅館より初夏の海岸まで五分

旅先に郷愁のあり橡の花

マロニエの花咲く街に靴買ひぬ

レース着てフランス菓子に並びけり

薔薇園のロココ調なる椅子と薔薇

青葉雨楽しき女子の一人旅

じゃがいもの花讃美歌のやうな風

アイヌ語は文字無き言葉夏の星

からももや滅んだ国の上に国

パッタイにライム酸っぱし夏の星

星涼しトムヤムクンのエビを剝く

夏の夜の水族館の呼吸かな

炎天や重機轟く渋谷駅

ゆるキャラの足の短き炎天下

日盛や ドローン 忙しなく 飛べる

炎暑のフェス推しの登場まで五秒

終幕の如く向日葵総立ちに
パイナップル海しか無いが海がある

犬抱けば潮の香りや夏館

浜に来て体は夏の一部かな

さたうきび畑の島の星涼し

海月沈む今は一人でゐたい時

蟬しぐれ誰かの家だつた瓦礫

つるばらや秋めいてゐる石畳

馬の牽く女王の棺秋の風

夜行バス故郷の月がついて来る

硝子戸の外は東京秋の空
東京に文学ありぬ鶏頭花

水澄みて経木の香る中華まん

渋滞や月をトゥクトゥクより見上げ

島ごとの砂糖の風味秋の海

秋冷や搾乳を待つ牛百頭

みづうみに小石ぶつける月夜かな

天守閣きつと殿様秋が好き

色鳥や水の匂ひの切通し

工房は山茶花の角曲がる先

神無月旅先で買ふスニーカー

土産屋の壁の小蓑や初時雨

特急に鳥の名多し冬の虹

血まみれの役者の歩く冬河原

セーターを脱ぐや籐籠いっぱいに
惜しみなく星は瞬く雪の森

梟の貌のぐるりと追つてくる

高台に残る洋館冬薔薇

花屋まだ明るき除夜の汽笛かな

御神籤の紙の薄さや日脚伸ぶ

Ⅵ 帰る場所

帰る場所あるから急ぐ聖夜かな

聖菓切る天使の羽のすれすれを

猫がゐて恋人がゐて冬の朝
君の手のはうが熱くて初詣

葉牡丹や焙煎豆の定期便

同棲の始まりの日のシクラメン

引越しのリビング広し春の雲

指先と指先触れて春の月

淡雪や入浴剤の眩しき黄

弁当を包むバンダナ朝雲雀

買物の最後に桜餅二つ

何につけ春ですからと言ひにけり

抱きしめて眼鏡かたむく桜どき

花ぐもり給湯温度二度上げる

この人にうつしてしまへ春の風邪

とろとろに煮込むシチューや春の星

霞草挿してコーヒー二人分

草餅食べよう書き物は後にして

酸っぱめの珈琲淹れる立夏かな

新婚の玄関広し水中花

トーストのきれいな焦げ目夏の雨

食卓に二膳並べて豆ご飯

茄子焼いて一番星の時間かな

晩夏に産むグレープフルーツ程の吾子

水蜜桃ごめんねとおやすみなさい

皿洗ふ夫や八月十五日

梨を剝くソファーに眠る人のため

通院のための休暇や石蕗の花

しぐるるや小さく家といふ明かり

風呂吹をよそふ器を温めたる

初雪やソファーに二人本を読む

夫婦ともぽつぽしてゐる柚子湯かな

五年目の結婚指輪冬の虹

セーターを平に干せる休暇かな

やはらかき赤ちやんの靴春近し

薄氷や庭に光の行き渡る

赤ちゃんのガーゼのスタイ梅の花

雛の家二時間おきに泣く赤子

春の夜や乳児の探る父の胸

哺乳瓶洗つて干して風光る

屋根全面ソーラーパネル石鹼玉

三月のおもちゃ箱には木のつみき

赤ちゃんのものに角なし春の風

曲線の光る遊具やチューリップ

はじめてのさくらはじめてあるく足

いい風にシーツを干すや冷素麵

味噌を溶くときの鼻歌夏の夕

育休の夫婦の時間さくらんぼ

適当がいいね胡瓜を丸かじり

新婚のころの梅酒を飲み干しぬ

あとがき

『帰る場所』は高校の部活動として句作を始めた二〇〇二年から就職、結婚し、一児の母になった二〇二四年までの二九四句を収めた私の第一句集である。編年体ではなく、章ごとに物語を感じるような配置にした。タイトルの「帰る場所」。人にはそういう場所が必要だと思う。それは現実今日帰る家でもいいし、遠い記憶の故郷でも、まだ見ぬ旅先の海でもいい。私は今回選句の過程で、自分の句に何となくそういう場所を感じた。二九四句の俳句は私から出てきた言葉だけれど、私の経験そのままではない。私にとって俳句はエッセイのようなものでもあるし、物語のようなものでもあるからだ。だから主人公はときどき私ではない誰かになっている。誰を想像してもらっても、そこからどのような物語を想像してもらってもいい。それぞれが想像した『帰る場所』という物語を楽しんでほしい。

二〇〇二年、高校の恩師である加藤国子先生に誘われて文芸部に入り、句作を始めた。先生と図書準備室でこっそりルイボスティーをいただいたりしたのは高校時代の優雅な思い出である。二〇〇五年から二〇〇八年までは、大学の俳句研究会を中心に、毎週のように様々な句会にお邪魔させていただいた。今は残念ながらもう無い「卯波」でアルバイトさせていただいたことも、私の俳句に良い影響を与えてくれたと思う。大学を卒業し、教員として働きはじめたが、仕事が多忙で俳句から遠ざかった。二〇一三年、「鷹」の山内基成さんから突然お電話をいただき、句会に誘っていただいた。なぜ基成さんが私に電話を掛けてきたのかは私も基成さんも忘れてしまって不明だが、そのお誘いがなければ「鷹」に入会していなかっただろう。二〇二四年、娘も産まれ、何となく人生の区切りがいい気がして、一念発起して句集を出すことにした。頑張らない育児に協力してくれている夫の応援と今のところ大きな病気も無くすくすく育つという娘のファインプレーのおかげで、いろいろな手帳やノートに散らかっていた私の二十二年間の俳句は、こうして無事に句集という形に収まった。

さて、このたびの句集上梓にあたり、「鷹」主宰の小川軽舟先生にご多忙の中、選句と序文をいただきました。選が返ってきた際に、「句集を編むのを楽しんでください」とお言葉をいただき、その通り、とても楽しく句を並べていけました。日頃のご指導と併せて心より御礼申し上げます。また、髙柳克弘さん、辻内京子さん、ふらんす堂の皆さまをはじめ、多くの方々のアドバイスと励ましで出版まで辿り着くことができました。ありがとうございます。特に装丁は私の趣味をかなり反映していただきました。少しレトロな北欧風の動物が描かれていますが、じっと見ているとトナカイにも鳥にも見えて、病みつきになる可愛さがあると思うのですが、どうでしょうか。最後になりますが、今まで私と句座を共にしてくださった皆さまに感謝申し上げます。

皆さまの帰る場所に灯がともっていますように。

二〇二五年一月

竹岡佐緒理

著者略歴

竹岡佐緒理（たけおか・さおり）

1986年　愛知県生まれ
2013年　「鷹」入会
2014年　「蒼穹」入会
2021年　「鷹」新人賞受賞

現　在　「鷹」同人・「蒼穹」同人
　　　　俳人協会会員

E-mail　hesomt.56@gmail.com

句集　帰る場所　かえるばしょ

二〇二五年一月二一日　初版発行

著　者――竹岡佐緒理
発行人――山岡喜美子
発行所――ふらんす堂
〒182-0002　東京都調布市仙川町一―一五―三八―二F
電　話――〇三（三三二六）九〇六一　FAX〇三（三三二六）六九一九
ホームページ https://furansudo.com/　E-mail info@furansudo.com
振　替――〇〇一七〇―一―一八四一七三
装　幀――君嶋真理子
印刷所――日本ハイコム㈱
製本所――日本ハイコム㈱
定　価――本体二七〇〇円＋税

ISBN978-4-7814-1722-6 C0092 ¥2700E